# 虹色の夢

早瀬さと子 *Satoko Hayase*

文芸社

夢を与えてくれた人へ
私を取り囲む大人たちへ

そして何よりの感謝と尊敬を込めて
そこにいるあなたへ

たくさんの気持ちを
たくさんの言葉にかえて
いつかあなたと微笑みたいから

## 「今、ここから」

少しだけ立ち止まろう
手の届く幸せに
人は満足しないから

少しだけ立ち止まろう
素通りしていく街の風に
人は勇気を感じないから

気紛れな自分や
眠れない夜の記憶
遠い誰かの叫び声

生きることが苦しかった頃
死ぬことが楽園だった頃
私は泣くことを知らなかった

少しだけ立ち止まろう
今、ここから始めればいい

# 「空の下」

明るい空の下に
自分がいる

目を瞑り立ち止まると
声が聞こえる

それは
数え切れない気持ちと
いくつもの自分

明るい空の下に
自分がいる

ふと振り向くと
声が聞こえる

それは
受け止めきれない
大人たちの叫び声

## 「白い鳥」

彼女は言った
もう私も籠を出たいと

難しい公式に重い頭を傾げ
足元を見据えながら
彼女は自由を求めている

彼女は言った
いつか私も空を飛びたいと

小さな手に白い鳥を抱き
幸せを祈りながら
彼女は今日を遊んでいる

その女の子は
昨日の私

一歩踏み出すことを迷っていた
昨日の私

そして彼女はつぶやく
そろそろ自分で歩いてみようと
そろそろ幸せを感じてみようと

## 「生きるって？」

ここで人間をやっている
ここで生きている

その中で生きることは
どこまでも難しく
どこまでも愉快なものだ

今の私に何ができるだろう
漠然と人に癒されてみたかった

人を癒すことが
できたらいいのにと思った

ここで悲しみの姿を見た
ここで嘆きの姿を見た

その中で失うことは
どこまでも寂しく
どこまでも美しいものだ

そっと問い掛ける過去を
私はどれだけ知っているのだろう

昨日も今日もまた漠然と
人を癒すことができたらと思う

# 「癒しの空間」

遠くで名前を呼ぶ優しさの声
癒しを秘めた魔法の指先

その声は時折妄想を消し去り
その指先は時折空さえ穏やかにできる

悲しげな叫び声の中で
いつからか
壊れ始めていた夢の切れ端

理不尽な笑い声の中で
いつからか
怯え始めていた心の破片

ほんの一瞬の今が
遠い遠い未来へつながりますように
その祈りがそっと私を安心させる

甘えられる空間が
出会えたことが
永遠でありますように

私はたくさんの看護の手に触れています。その手に共通しているものは、傷付いた心と体を癒し、今を未来へつなげようとする祈りでした。

# 「迷走」

生きることに迷ったら
少し立ち止まってはみないか

開き直りたいけれど
それはなかなか難しい

そして語りかけられる言葉は
時にもどかしく
時にうなずかなければならない

生きることに迷ったら
少し立ち止まってはみないか

その先にある未来は
きっと何よりもどこよりも
輝いているだろう

## 「初めての恋」

あなたの言葉に抱かれている
あなたの声に抱かれている
そんな自分を幸せに思う

出会いが偶然だったように
別れも不意に訪れるだろう

その壊れそうな愛し方は
その不器用な言葉は
そっと心を大人にしていく

永遠は嘘だと知りながら
あなたとどこまでも一緒にいたい

私の気持ちは今日も
あなただけを見つめている

# 「虹」

私の手をそっと握り
一緒に涙ぐんだ

どれだけの時
あの優しさのそばにいたのだろう

時に投げやりに
時に甘えつつ
何かを深く感じていた

溢れる癒しの精神は
いくら奪い取っても
消えることはなく

今もこの空の下
私の小さな心に
そっと触れている

その優しさは

戸惑い迷った時

再び舞い戻りたくなる

入院した日、誰とも言葉を交わさない自分がいました。何もかもが嫌で、生きることに怯え、怒っている振りをしていたのかもしれません。

そんな私のそばで、何も語ずに一枚の優しい絵を描いた看護士さんがいました。この詩集の表紙を描いてくれた藤本孝久さんです。その人は本当の癒しを追求し続けている人でした。

彼に出会えたことと、その奇跡に感謝し、嬉しく思います。

# 「かさ」

降り続く雨は
小さな地面を濡らし

私の心に水溜りを作って
そっと消えていく

空を黄色く染めた光に
みんなを優しく包む光に
夢を見たいと思った

降り続いた雨は
小さな地面を惑わし

私の心に夢を落として
そっと消えていく

そして私は強くなるために
自分で生きようと思う

## 「ここであなたへ」

過ぎていく時間の中で
揺れ動く日々の中で
たくさんのものを失っていく

それは途轍もなく愛しく
二度と戻らないものばかり

いつの間にか消えていく空間で
大切なものを
見失っていく気がした

それでも私はここにいたい
それでも私は生きていたい

過ぎていく時間の中で
揺れ動く日々の中で
あなたに大切なものを伝えたいから

# 「老いた手」

あなたの濡れていく頬に
何をしたらいいのか
幼すぎてわからなかった

思い出を美しいままに消え去った
世界で一番大切な人

あなたの萎えていく手に
何ができたのか
未だにわからない

あの日のまま立ち止まってしまった
世界で一番大切な時間

二度と戻らない時間に
何ができたのだろうと
ずっとずっと考えている

あなたは自分の最後を
知っていたかのように
深く眠った

そしてあなたは
最後に私の頬を濡らしていった

それは梅雨入り間近の6月でした。私は人や命について、何も知らないたった8歳の少女です。一人の人間が生き終えたことについて、死に至ったことについて、受け止めきれない幼さでした。

あの時、なぜ大人たちはあんなにも無邪気に泣くことができたのだろう。

# 「真夜中」

あなたと過ごした
短い日々が終わった夜

あなたと作った
壊れそうな関係が終わった夜

無邪気に泣いている大人の顔を
じっと見つめていた

そっと泣いていた
幼い心が一人ぼっちになっていた

あなたの涙が
最後に教えたこと

真っ白な百合の花が
最後に教えたこと

涙の意味を

百合の花の香りを

今、知りたいと思う

　大切な人を失った時、そこはたくさんの百合の花に囲まれていました。大きな百合の花の香りは、今もあの日を鮮明に思い出させます。

## 「真実」

たった一つの真実に
たった一人の私は戸惑った

悪魔になって
天使を嫌い

天使になって
悪魔を嫌った

真実はみんな同じで
いろんな角度があるだろう

そのことを
私の心はまだ知らない

## 「大人の世界」

暗黙の約束と
幼すぎた嘘

見えてしまった裏切りが
気持ちを溢れさせた

色々な大人たちが
色々な言葉で問い掛け
そして慰めていく

みんな違うことを言って
みんな夢だけを追い続けて
やがて消えていくだろう

暗黙の約束と
幼すぎた嘘

変えられない現実が
気持ちを揺らし続ける

## 「雑音」

ふと雑音が消える時
不安になることがある

今の気持ちは
どれだけ伝えられるのだろうと

今の気持ちを
どれだけ残せるのだろうと

ふと雑音の中に立った時
固く誓うことがある

今の気持ちは
できるだけ伝えようと

今の気持ちを
できるだけ残そうと

## 「平凡な一日」

平凡な毎日を少しだけ
そんな毎日を欲しいなって思った

何もない毎日は
退屈で仕方ないはずなのに

友達や仲間
分かり合える存在
そんな言葉は遠い昔のことだった

そこは毎日が暗闇のようだ
私は嵐の中に生きる
小さな花になりたかった

平凡な毎日を少しだけ
そんな毎日を欲しいなって思った

## 「子守唄」

幼い心に手を置いて
そっと眠らせて欲しい

ほんの一瞬だけ
置き去りにしたい

夢を見ながら混乱していく
過去と現実と未来と

暗い部屋の中で
壊れそうな気持ちを
悪戯に遊んでいた

そこでは
脆い気持ちだけが
遊び道具だった

幼い心に手を置いて
そっと眠らせて欲しい

ほんの一瞬だけ
解放されたい

大切なものを失いながら
妄想の中にいる自分のこと

# 「ちっぽけな自分」

ちっぽけな人間の中の
ちっぽけな一人
ちっぽけな自分

代わり映えのしない毎日に
私は怯え嘆き苦しむ

そしてその
代わり映えのしない毎日に
私は喜び遊び楽しみ始める

決して泣かない
決して眠らない
そう誓いながら余所行きの顔をする

今日もそんな毎日の
代わり映えのしない一日

# 「ガラス」

脆い気持ちに触れないで
壊れた扉をたたかないで

戸惑う大人たちや
傷ついた心を持つ自分に
今を奪われそうだから

涙が枯れるほど泣き叫んでみたい
自分が消えるほど抱き締められたい

脆い気持ちに触れないで
壊れた扉をたたかないで

追いかけて来る過去や
遠いところにある未来に
今を奪われそうだから

## 「思い出」

この時間が永遠に続くことを
祈りながら
思い出を一つずつ片付けよう

暗闇の中は
いつも誰かが囁いていた

あの日、百合の花だけが
そっと私を慰めたように

大切な人は何の前触れさえもなく
真夜中に消えていった
百合の花を幸せそうに抱えながら

思い出は時間と一緒に
やがて薄惚けていくだろう
この時間もまた思い出になるように

恐縮ですが
切手を貼っ
てお出しく
ださい

112-0004

東京都文京区
後楽2−23−12
(株) 文芸社
ご愛読者カード係行

| | | | | | |
|---|---|---|---|---|---|
| 書　名 | | | | | |
| お買上<br>書店名 | 都道<br>府県　　市区<br>郡　　　書店 | | | | |
| ふりがな<br>お名前 | | | 明治<br>大正<br>昭和　年生　歳 | | |
| ふりがな<br>ご住所 | □□□-□□□□ | | | 性別<br>男・女 | |
| お電話<br>番　号 | （ブックサービスの際、必要） | ご職業 | | | |

お買い求めの動機
1. 書店店頭で見て　2. 小社の目録を見て　3. 人にすすめられて
4. 新聞広告、雑誌記事、書評を見て（新聞、雑誌名　　　　）

上の質問に1.と答えられた方の直接的な動機
1. タイトルにひかれた　2. 著者　3. 目次　4. カバーデザイン　5. 帯　6. その他

| | |
|---|---|
| ご講読新聞　　新聞 | ご講読雑誌 |

文芸社の本をお買い求めいただきありがとうございます。
この愛読者カードは今後の小社出版の企画およびイベント等の資料として役立たせていただきます。

本書についてのご意見、ご感想をお聞かせ下さい。

① 内容について

② カバー、タイトル、編集について

今後、出版する上でとりあげてほしいテーマを挙げて下さい。

最近読んでおもしろかった本をお聞かせ下さい。

お客様の研究成果やお考えを出版してみたいというお気持ちはありますか。

ある　　ない　　内容・テーマ（　　　　　　　　　　）

「ある」場合、小社の担当者から出版のご案内が必要ですか。

希望する　　希望しない

ご協力ありがとうございました。

〈ブックサービスのご案内〉

小社では、書籍の直接販売を料金着払いの宅急便サービスにて承っております。ご購入希望がございましたら下の欄に書名と冊数をお書きの上ご返送下さい。（送料１回380円）

| ご注文書名 | 冊数 | ご注文書名 | 冊数 |
|---|---|---|---|
| | 冊 | | 冊 |
| | 冊 | | 冊 |

## 「夕方の公園」

私の心は空っぽになった
誰もいなくなった夕方の公園のように

ここで遊びが始まるまで
あとどのくらいかかるのだろう

ここに私が戻るまで
あとどのくらいかかるのだろう

誰もいなくなった夕方の公園に
夕日が差し込むのは
いったい、いつになるのだろう

## 「瞬間」

今、いくつもの言葉の中にいる
今、いくつもの気持ちの中にいる

受け取った言葉は
意味を知ることができた
でも二度と消えることはないだろう

刻み込んだ傷は
癒されることがある
でも深い溜め息になるだろう

言葉や心は何よりも簡単で繊細だった
それはあなたが
誰よりも知っているように

# 「絵本の続き」

懐かしい匂いがする
あなたの腕の中で
絵本の続きを聞きたいな

夢の中であなたに会えることで
少しだけの勇気をもらって
少しだけ泣くことができる

そしてほんの少しだけ
生きてみたいと思った
自分を好きになろうと思った

温かい匂いがする
あなたの声の中で
絵本の続きを聞きたいな

あなたに聞き忘れたことを
たくさんたくさん話したい

## 「君と一緒に」

君を抱く度
溜めた気持ちが
溢れる涙に変わっていた

遠い遠い昔
まだ太陽が好きだった頃

読めない文字が悔しくて
解けない公式が悔しくて
もぐり込んだ机の下

その薄汚れた手を握り締め
負けないと誓った

小さなぬいぐるみの君は
きっと私を支えている

傷付いた日々を語り合い
眠れない夜を一緒に過ごしてきたから

## 「時間の音」

暗闇の中で過ごす夜は
どこまでも恐ろしく
昨日の後悔と
明日の不安が響き合う

そして眠れない心が
朝を知らせに来る

無情にも時計の針は
今日を終わらせていく
私の気持ちを一人ぼっちにして

変えることのできない明日が
そっと静かに待ち続ける

色んなことを感じた昨日が
そっと静かに踊り続ける

# 「幼い心」

言葉を交わすことが恐かった
心を問われることが嫌いだった

そこにはきっと
いくつもの気持ちがあるから
いくつもの自分がいるから

ずっとずっと幼い頃
大切な人が消えた頃

私の知らない場所で
脆い音がしていた

やがて壊れた心は
何もかもを投げ出した

溺れていく心が
そっとそして
いつまでも泣き続ける

# 「ぬいぐるみ」

あなたに抱き締められた
あのぬくもりを
忘れることができなくて

あなたと過ごしたあの家で
帰りを待ち続けていた

あなたを夢見た
あの楽しさを
忘れることができなくて

あなたと遊んだあの家で
帰りを待ち続けていた

けれども何も変わらないまま
時間と空間が消えていく

そして私は時間に押し流され
大人になっていく

## 「カサブランカ」

枯れてしまった花は
水をもらいたかったのかな

あの人は何に喜び
何に泣いたのかな
私に何を伝えたかったのだろう

あの日、地面を痛いほどたたいた
流れる雨の音

一瞬の光に消えた
恐怖と悲しみの声

雨は長くは続かない
夢のように消えていく
そして忘れてしまうだろう

何かが変わり始めていた
あの悲しみに落ちた夜

大切な花の壊れそうな愛
その溢れるほどの優しさは
きっと今も生きている

あなたはまだ枯れていない
今もどこかで同じ空を見つめている

## 「今、幸せだよ」

虚ろだった自分
湿った気持ち

傷つきやすくて
壊れやすくて
どこまでも単純で

いつの間にか
心にいくつもの鍵をかけていた
気持ちにいくつもの扉を閉めていた

そして溜め息や不機嫌さが
悲しい涙を誘っていた

でも今、小さな幸せが私の手元で
そっと揺れ続ける

## 「氷」

いくつ気持ちを抱いていても
凍ったままでは
何一つ伝わらない

簡単に傷付き
傷付いた振りをして
いつもいつも泣いていた

悲しみを握り
そこに生まれる愛しさを感じ
真剣に生きようとしていたあの頃

凍りついた心が溶ける時
何一つ伝えて来なかった自分が
ここにいた

でも伝えることは
すごく嬉しく
痛いものだった

## 「君の優しさ」

私の言葉や
私の気持ちは
君の手に触れ溶けていく

たくさんの愛の形
たくさんの夢のかけら
たくさんの幼さ

その一つ一つを拾い集め
君の手に触れていたい
そこに私の優しさを添えて

生まれてきてよかったと
君に出会えてよかったと
今、そう思うんだ

## 「恋の終わり」

いっぱい我ままを言ったけど
私が本当に欲しいものは
たくさんの夢や愛だった

いっぱいメールをくれたけど
私が本当に欲しいものは
たくさんの未来や愛だった

好きっていう言葉をくれた
でも私はただ抱き締められたかった
同じ時間が幸せだったから

喧嘩さえも幸せだったのに
不器用すぎるあなたに
気紛れな私は疲れたみたい

一緒に幸せになりたかったけど
私は違う幸せを見つけたいんだ
だからこの恋も終わりかな？

# 「親愛なる...」

もし神様がいるのなら
私はあなたに出会えたことを
心から感謝するだろう

生きる日々に絶望した日
ほんの一瞬の幸せを信じた日
その日の手紙

あの日、素直に
助けて欲しかったんだ
助けてくれる気がした

真夜中の部屋には
誰もいなかった
今日のように

あの日に戻りたい
あの手紙を書いた日に
遠い記憶に消される前に

本当に本当に消えたいと思った日がありました。この生きる世界から逃げたいと思った日でした。

でも、私はどこかで生きていたかったのかもしれません。私を支えていたドクターに「死にたい」という手紙を残したのです。でも、それは同時に「助けて」の手紙でした。あの時のあの感情を何度、後悔するのだろう。そのドクターがいなければ、私はこの言葉やたった一つの命さえも失っていたのかもしれません。

## 「私」

生きることを伝えていたい
生きていることを伝えていたい

その答えはきっとどこにもない
誰一人答えを持たなくて
正解はどこにもなくて

伝える相手は誰でもないあなた
私のこの言葉を読んでいる
そこのあなた

生きることは描くこと
生きていることは遊ぶこと

# 「眠り姫」

遠い遠い世界へ行きたい
何も知らない場所で
夢を見続けるんだ

そこには
真っ白な百合が咲いていて
私を優しく包む

そしてあなたの手が
私の気持ちに触れるまで
夢を見続けるんだ

その夢の中で
永遠に囁きたい

# 「時間の魔法」

たくさん優しくされたけど
その優しさがうるさくて
一人になってみたかった

一人になると
優しさを愛しく感じ
あの時間に戻りたいと願う

二度と戻らない時間の魔法にかかり
何度となく涙を流した

そして頬を伝う涙が
今日も眠れない夜を誘っている

# 「迷路」

たくさんの物に触れて
たくさんの優しさに触れて
そうやって壊れてきたんだ

儚く脆く悪戯で
簡単に自分を傷付けた

それは大切なものを
失っていくことだった

それは自分さえも
失っていくことだった

ふと気付くと
周りには何もないんだ
本当の自分さえも

## 「希望の日々」

生きることは
希望と失望の連続

時々素直になって
時々笑っている

ずっとずっと先の未来に
私がいることを信じ
この苦しみを乗り越えよう

浴びせられる言葉は
痛く、もどかしく聞こえるけれど

生きることは
希望と失望の連続

いつもいつも怒っていて
いつもいつも泣いている

## 「乱雑」

乱雑に並べられた言葉の中で
何をどれだけ感じ
何をどれだけ残せるのだろう

悲しみの中で感じた喜びを伝え
そこにある美しさを残したい

人と人とが触れ合う中で
たくさんの今を
誰でもが感じているはずだから

乱雑にばらまかれた言葉の中で
色々な人の気持ちを感じ
自分を考えてきた

## 「幸せの形」

私が幸せを望むのは
壊れやすく飽きやすいけれど
幸せは自ら作ることができるから

幸せの形は
人によって違って
とても曖昧なもの

私が思う幸せの形は
言葉の宝物が住む本の中にある
それは私が描いてきた本

幸せとは
今、ここにいられること

幸せの形とは
きっとあなたを心から愛せること

## 「微かな声」

この微かな声が届くと願い
四角い窓の外へ行きたい

消えそうな命と壊れそうな夢を
この胸に抱えて

誰でもが幸せを願うように
この微かな声も
あなたに届くことを祈っている

取り留めもなく続くこの詩に
明日をのせて

## 「少女の手」

少女は過去の闇を背負い
未来の夢を片隅に置き
歩き続ける

昨日も今日も
そしてきっと明日も同じように

自らに宿る感性を信じ
この運命に流されたいと願いながら

少女の姿は
大人たちの心を嫌っている

でも少女の後ろ姿は
大人たちの手を待っているんだ

どこまでも我ままな少女は
手を握ると逃げるけれど
手を放すと泣き出してしまう

## 「未来」

ここにいられることに
たくさんの幸せを感じ
未来を夢見たくなった

薄れていく記憶は曖昧で
大切なものばかり
そして泣いてしまうことが多い

未来は明るいと深く信じ
今日を生きていたい

ここにいられることが
一番の幸せで
未来を愛しく思った

## 「遠い昔」

遠い昔に消されていく
気持ちや涙
そして夢

新しいものに
今を感じて
それを楽しんでいる

あなたがいつかあの日の私の気持ちを
忘れてしまうように

私もきっと
この涙を忘れる日が来る

そうやって
流れる時間は過ぎ
いつの間にか大人になっていくのだろう

その虚しさの中に
必ず喜びがあると
信じ続けて

## 「心の隅に」

私の言葉を
あなたに心の隅に置いてほしい

巡る季節のどこかで
私を思い出して欲しいから

幸せを歌い続けることは
すごく難しく
私にはできないけれど

でもあなたと出会えたことを
嬉しく感じている

# 「揺れる心」

揺れる心を抱き
掴めない夢を眺めていた

何となく生きていて
何となく泣いていて
何となく笑っていて

色あせていく記憶が
心を揺らしていることを
ずっと前から知っていたけれど

それは言葉にしなかった
言葉にすると消えていきそうだったから

このままではいけないと
そう思いながら
今日もまた夢を眺めていた

誰にも何もできないのに
私の心は悲鳴をあげている

## 「ごめんね」

生きてたくなくなっちゃった
今はきれいなのに

色んなことを知ったよ
そこには美しい出会いと
悲しい別れがあった

ずっと言葉が出なくて
やっと出てきた言葉が
消えたいっていうことだった

ごめんね
でも今はすごくきれいだよ

# 「寂しがり屋」

たくさんたくさん遊んだ夜に
たくさんたくさん泣いていた

どことなく悲しくなった
どことなく一人ぼっちみたいだった

本当は甘えん坊で
本当は寂しがり屋で
強がって生きているだけみたい

たくさんたくさん遊んだ夜は
たくさんたくさん抱き締められたい

どことなく悲しいから
どことなく一人ぼっちみたいだから

本当は大人のそばにいたくて
本当は幼いままでいたくて
装って生きているだけみたい

## 「混乱の時」

言葉が出なくなった時
私は混乱に落ちていった

不安だった
恐かった
何もできなくなるような気がした

それは不意にやって来たけれど
それがいつの間にか
消えることを祈っている

私には言葉が何よりも必要だ
書けなくなることは
気持ちを混乱させることだった

どんなことがあっても
誰にも渡さない
私の気持ちと私の言葉

# 「言葉の裏側」

あなたに何を伝えればいいの？
どんな言葉を使えば
わかってもらえるの？

言葉の裏側にある気持ち
素直になれない言葉
矛盾している自分

一瞬の感情を
きっと何度も何度も
後悔している

数え切れないほどの傷を
ずっとわかってもらいたかった
誰でもないそこのあなたに

あなたに何を伝えればいいの？
どんな言葉を使えば
わかってもらえるの？

## 「気持ち」

いつか戻れそうな気がしていた
幼かった頃や
何も言わずに通してきた日々に

でも今は一瞬で
すぐに過去になってしまう

その虚しさに
振り向きたくなかった
消えてしまいそうだったから

自分を隠せそうな気がした
遊ぶことや
曖昧な気持ちで

でもそれはただの嘘で
すぐに終わりになってしまう

その寂しさに
気付きたくなかった
失ってしまいそうだったから

大切なことは
今を生きること
今を生きようとする気持ち

## 「大切な人」

今日、ふと考えた
あなたと出会えた一瞬の幸せ

夢に枯れ果て
涙に疲れた心にとって
あなたは一滴の火だった

少しだけ振り向き
大人の声を聞こうと思う
あなたに出会えたから

幸せとは…
恋とは…
生きることとは…

あなたと出会えた一瞬の幸せ
その火が消えないことを祈りたい

## 「変わっていくこと」

変わっていくこと
それがきっと
生きているっていうこと

環境が変わって
状況が変わって
気持ちが変わって

悲しいことかもしれないけれど
それがきっと
生きているっていうこと

変わらないままでは
何もできないと知りながら
立ち止まっている自分がここにいる

## 「あの日の夢」

街のお店に百合の花が消える頃
ふと私は一年を振り返る

苦しくなった時
私のそばに誰がいたのだろうと

泣きたくなった時
誰と一緒にいたいのだろうと

夢は夢のままで終わらせない
そう誓った去年の今頃

あの夢に今
どれだけ近付けているのだろう

# 「ありがとう」

あなたにたくさんのありがとうと
最後のさよならを言い忘れた
だからあの時間に戻りたい

ただ呆然と立ち尽くし
涙を見つめることしかできなかった
あの時の幼い私

ただ漠然と死を感じ
あなたに触れたいと思った
あの瞬間の悲しい痛み

あなたにたくさんのありがとうと
最後のさよならを言い忘れた
だから私は強く生きるんだ

## 「空っぽ」

空っぽになりたい
今を感じている心
最後を聞いている心

今はきっと
苦しくていい

明日が見えなくても
昨日を許せなくても

悲しいことはあるけれど
泣きたいことはあるけれど

最後はきっと
もっともっと未来でいい

そんなに急がなくても
そんなに焦らなくても

悲しいことはあるけれど
泣きたいことはあるけれど

空っぽになって
もう一度だけ
自分に戻ってみよう

# 「生きること」

生きることは
笑うこと
たくさんたくさん笑うこと

生きることは
泣くこと
たくさんたくさん泣くこと

色んな人の
色んな気持ちに触れて
それがきっと生きること

笑うためだけに
生きるわけではないけれど

泣くためだけに
生きるわけでもなくて

ここに生まれたから
自分や幸せが見つかるまで
きっと生きないといけないんだ

たくさんたくさん笑って
たくさんたくさん泣いて
今日もそうやって生きてみよう

## 「少しだけ」

今、何を考えていますか？
今、何をしていますか？

少しだけ振り向いて下さい
少しだけ立ち止まって下さい
私の声を聞いて下さい

時間がないなんて
余裕がないなんて
ただの偽りにすぎないはず

少しだけ振り向いて下さい
少しだけ立ち止まって下さい
私の声を聞いて下さい

私の周りにいるたくさんの大人たちへ
私の心を問う大人たちへ

## 「ビンの中身」

見たくない
開けたくない

そのビンの中身は
固く包まれた私の気持ち

忘れないといけないもの
どこかへ置いておきたいもの

見せたくない
開けさせない

そのビンの中身は
固く包まれた私の気持ち

## 「優しくなりたい」

人は愛される度
優しくきれいになれる

涙を流す度
人を愛したいと思うように

悲しくなった時
泣きたくなった時

一つの言葉で人が
優しくなれるのなら
私もそんな言葉に出会いたい

そして私も
そんな言葉を書ける人になりたい

# 「涙の数」

苦しんだ分だけ
泣いた分だけ
その分だけ優しくなれる

涙の数は数え切れないけれど
そこには確実に
幸せがあると信じて

誰もいない部屋で
夢のかけらを拾い集めて
自分を好きになりたい

涙の数だけ優しくなれる
それはこの風に消えていきそうだけど

## 「花」

枯れてしまった花が
水をもらえて
生き返るのなら

私はどんな涙でも
流すことができるのに

色々な思いの中で
消えていったあの人が
今、悲しく思える

自らを忘れ
私を守り続けた花

強く美しく
愛に溢れていた

# 「心の羽」

心に羽をつけて
あなたのもとへ飛んで行きたい

手を伸ばせば届きそうな
未来の自分と明日

何度となく泣いた夜
人の温かさを感じていたかった

心に羽をつけて
あなたのもとへ飛んで行きたい

頬を伝う涙が止まるまで
少し抱かれていたいんだ

## 「消えてしまおうと」

昨日の夜遅く
消えようと思った

私はもういらないと
私には何の価値もないと

でもそれでは
一昨日までの自分がかわいそう

昨日を夢見て
眠れない夜を過ごしたのに

だから今日まで
待ってみたんだ

目が覚めたらここにいたいと
そう思うと信じて

## 「街角」

生きることは
この世の中は
疲れることが多い

くだらないことも
仕方ないことも
数え切れない

それは大人になることだったり
色々なものを知っていくことだったり

でも生きることは
この世の中は
汚くないと信じたい

汚い世界はたくさんあって
ずるい大人はたくさんいるけれど

## 「ひとかけら」

私の気持ちのひとかけら
そこのあなたに伝えたい

何が起こったのか
自分でもよくわからないけれど

疑問だらけの心と
今を生きようとする心との間で
動くことができなくて

泣いても泣いても何も変わらない
でもいつの間にか
頬を伝う涙がここにある

私の気持ちのひとかけら
いつか大人になった時
今が一番幸せだと思うだろう

## 「漠然と」

生きていることが嫌いになった
でも死ぬことは恐かった

そしてこの夜を壊していた
ただそれだけのこと

漠然としている未来を
楽しげに語る大人たち
それは不思議な姿だった

ここの私もまた
漠然としている未来が
幸せであると信じているのに

大人と未来との間で
私はどれだけ泣くのだろう

## 「逃げ道」

ずっと何かに追われていた
ずっと何かに焦っていた

早く大人になりたくて
早く一人になってみたかった

この場所から
逃げれそうな気がしたから

今日の自分に頭を抱える日々
明日の不安に涙を枯らす夜

大人になったら
一人になったら

この場所から
逃げれそうな気がしていた

そこには逃げ道がないことを
ずっと前から知っているのに

## 「心の中で」

濁っていく心の中で
壊れていく心の中で
涙を流そうとする自分

強がりを言いたくて
弱いところを
見せたくなかった

七色の仮面をかぶり
見せなかった心の中

濁っていく心の中が
壊れていく心の中が
悲鳴をあげている

あなたのその手に
触れたくて

## 「眠れない夜」

眠れない夜は
笑い声の中に置いていかれたみたい

そこに寝そべるものは
気紛れな私と
寂しさに固まった自分

夜明けが来るのが
恐ろしく、嫌いだった

眠れない夜は
この世界に一人になったみたい

## 「透明」

どれだけ壁を作っても
いくつ鍵をかけても

あなたは強くきれいな気持ちを
そっと置いていく

何も知らないはずなのに
全部知っているような気がした

どんなに投げやりでも
いくら背中を向けても

あたなは強くきれいな気持ちを
そっと置いていく

あなたに戸惑いを見せた日
私の心は混乱していた

## 「微笑」

少しだけ素直になって
少しだけ今に笑って

そしてほんの少しだけ
前を向こうと思う

過去を嘆き
未来に苦しみ
何度となく泣いたけれど

でも少しだけ素直になって
少しだけ笑って
今を生きていたいと思った

## 「答え」

この広い世界の中で
たった一人私を愛してくれた人
私が愛を感じた人

物語の始まりは
いつもあの悲しい真夜中

そして物語の終わりも
またあの悲しい真夜中

その人は生きるという問いを
この私に投げかけ
暗闇の中に消えていった

でもその答えは
どこにもないんだ

今日もその答えを求めて
歩いてみたけれど

## 「曇り時々晴れ」

立ち止まったり
少し戻ったり
そうやって生きてきた

時々泣いて
時々怒って
いつも笑っていたいと願っている

この空に虹がかかる日に
私は笑っていたいんだ
あなたと一緒に

何度も立ち止まって
何度も戻って
きっとその度につまずくけれど

# 「小石」

今に疲れたんだ
今に嫌気がさしたんだ

そばに誰もいなかった
混乱の日々

壊れた破片を
横暴に投げ飛ばし
小石を笑っていた

そしてそんな自分が嫌いになって
尖ったナイフを
振り回してみたんだ

でも結局何も変わらなくて
今日もこの部屋に戻ってしまった

# 「宝物」

がらくたの中で輝く
数え切れない言葉たち
いくつもの気持ち

それは私だけの
大切な宝物

夢のかけらをほんの少し
掴めそうになったんだ

がらくたの中で輝く
数え切れない言葉たち
いくつもの気持ち

夢のかけらもまた
私の大切な宝物

## 「大人になる前に」

どれだけの涙を流せば
楽になれるの？

大人になる前に
その前に自分を見つけたい

私を囲む大人たちは
何も知らない振りをして
生きている

その中で
私の涙さえも
忘れられていく気がした

どれだけの涙を流せば
楽になれるの？

# 「花びら」

階段にきれいな花びらを散らし
夕日を眺めながら
歩いてきた

夜空だけを見つめ
思い出を重ねつつ

ふと振り向くと
その花びらは
私を見つめていた

あの夢に微笑んだ日
あの涙に泣いた日

数え切れない日々が
私を見つめていた

そして一枚の花びらを拾い上げ
この階段に座り込む

輝かしい月光に包まれ
幼かった日々を眺めつつ

また階段をのぼろうと
そう思う日が近いことを祈りながら

## 「終」

とがった針に刺さる
冷たい涙は
まるで夕日のように痛かった

心が叫ぶ声
雨が泣く音
私の心が燃え尽きた煙

全て終わったように
空っぽになりたい

とがった針に刺さる
冷たい涙は
まるで夕日のように痛かった

## 「夕立」

突然の土砂降りに
ふと涙を止めてしまった

何も変わらない日々の中
この夕立が気持ちを
洗い流していく

何度となく握りかけた
死への決意
生への失望

その度に
誰かが邪魔をしてくれて
今、私はここにいる

突然の雷鳴は
ふと生きる恐怖を取り除いた

## 「もう一度だけ」

また会えるかな？
思い出の中で
失ってしまった人

あの時、優しくなれれば
語り合えたのに

今ならきっと
素直になれる気がする

思い出になった時間の中で
失ってしまった人は
もう私を覚えていないかな？

もう一度だけ
会ってみたい

## 「日記帳」

この日記帳が終わる頃
私のこの気持ちは
どこにいるのだろう

一日を振り返り
自分を見つめ
白い紙に今を残してきた

何かに転びそうな時
ふと過去を読み返し
思い出に浸っている

そこには片付けられずに
まだ過去になれない
複雑な時間もあるけれど

いつか大人になった時
この日記帳は
私のどれだけを知っているのだろう

## 「相談室の沈黙」

言葉を知らない私
その言葉を待つ相手

そこにただ一つあるものは
暗い心の闇

何を待っているのだろうと
不安げだった

そしてもう一つの世界に
密かに逃げ込んだ
相手に気付かれないように

複雑な現実に疲れ果てたら
この部屋に辿り着いた

でもいつも考える
ここは私のいるべき場所ではないと
ここは本当の癒しの場所ではないと

# 「いつか」

君はきっと笑うだろうけど
消えたくなることもあるんだよ

時々疲れることがある
それはまるで夕日のようだけれど

微笑んでも
泣き叫んでも
気持ちに嘘はつけなくて

でもいつかこの空の下で
君と一緒に微笑みたい

そして壊れた心が
再び美しく輝けると
深く信じていたい

# 「平和」

私には惨劇の歴史を学び
祈りを捧げることしかできない

たった一つの言葉によせる
その限りない意味
〝平和〟

新しい世紀になったにもかかわらず
この地球は争いが絶えず
今も多くの人が苦しんでいる

平和とはいったい何なのだろう

ねぇ、いい加減
戦争はやめないか

一日も早く
この地球が平和になりますように

この詩集を出版するに当たり、応援して下さった多くの方に心から感謝致します。

癒えない体と、未だに荒れ狂う心は未来の私にとって無駄ではないと深く信じ、多くの気持ちと言葉をこれからも伝え続けたいと思います。

たった15年の人生は、一歩ずつではありながらも、確実に死へと向かっていました。しかしながら、幸運なことに私は、誰にも何も伝えないまま、ここから消えてしまうことがあまりにも虚しく、また愚かだと知ることができたのです。

8歳の時、大切な人を突然失い〝人と死〟を知りました。

9歳の秋、詩に出会った時〝言葉〟を考えました。

不登校だった長い2年半の間〝自分〟を見つめました。

中学に入り、様々な意味で〝他人〟を意識しました。

入院して、白衣を着た大人たちに囲まれ〝癒し〟を求めました。

そして今、生き延びている自分と共に〝生きる〟を書き続けています。

だから15歳の今、もう少しだけ生きていたいのです。

私に降り懸かる、数え切れない痛みや多くの苦しみは絶え間なく、時に絶望に落ちていくけれど、私だからこそ書ける詩がその先に必ずあると思うから。

そこにいるあなたは誰に何を伝えて、生きていますか？

早瀬　さと子